차라리 혼자 울라

차라리 혼자 울라

발행일	2016년 10월 31일		
지은이	강 병 구		
펴낸이	손 형 국		
펴낸곳	(주)북랩		
편집인	선일영	편집	이종무, 권유선, 안은찬, 김송이
디자인	이현수, 이정아, 김민하, 한수희	제작	박기성, 황동현, 구성우
마케팅	김회란, 박진관		
출판등록	2004. 12. 1(제2012-000051호)		
주소	서울시 금천구 가산디지털 1로 168, 우림라이온스밸리 B동 B113, 114호		
홈페이지	www.book.co.kr		
전화번호	(02)2026-5777	팩스	(02)2026-5747

ISBN   979-11-5987-268-6 03810 (종이책)   979-11-5987-269-3 05810 (전자책)

이 도서의 국립중앙도서관 출판예정도서목록(CIP)은 서지정보유통지원시스템 홈페이지(http://seoji. nl.go.kr)와 국가자료공동목록시스템(http://www.nl.go.kr/kolisnet)에서 이용하실 수 있습니다. (CIP제어번호 : CIP2016025898)

(주)북랩 성공출판의 파트너

북랩 홈페이지와 패밀리 사이트에서 다양한 출판 솔루션을 만나 보세요!

홈페이지 book.co.kr   1인출판 플랫폼 해피소드 happisode.co.kr
블로그 blog.naver.com/essaybook   원고모집 book@book.co.kr

차라리 혼자 울라

강병구 시집

일하면서 쓴 시

북랩 book Lab

차 례

제1부

제2부

제3부

제4부

제5부

'울고 있는 당신에게'

제1부

키스

간절함과 간절함이 만나

눈을 감게 하는

신의 선물

예술가

김광석 거리를 다녀왔다
예술이 없었다면
이 세상은 얼마나 삭막할까
정신적 빈곤이 오겠지

참된 예술가가 누굴까 생각해봤다
빈센트 반 고흐
피카소
김덕수
그래 맞는 말이다
하지만 최고의 예술가는 바로 너다
아름다운 색깔을 가진 너

사랑하게 만드는 것만큼의
예술이 또 있을까

사명

개미는 죽을 때까지 일을 하고
돼지는 먹힐 때까지 밥을 먹는다
하지만 우리는 마지막까지 사랑하며 살자
사람이니까
그것이 사람이 존재하는 이유이니까

행복

내 앞에
아이가 있다
꽃이 있다
음악이 들리고
오월의 바람이 분다

내일이 아닌
지금
이 순간을
살고 있다

비정규직

월요일 출근길
이발한 직원을 보면
코끝이 찡해진다

외출하는 아내가
머리핀을 꽂아도
마음이 아리다

이발하고 핀 꽂고
하루하루 버텨낸다
피곤함과 투쟁하며

벗

친구가 잘되면
괜히 샘이 난다

친구가 망하면
은근히 기분 좋다

필요할 땐 벗
필요 없을 땐 but

텅 빈 마음

아무도 살지 않는 집은
결국, 폐가로 남게 된다

아무도 살지 않는 우리 마음도
언젠가 그렇게 될 것이다

기계만 있고 사람은 없는
도덕만 있고 사랑은 없는

아무도 살지 않는
우리의 마음

인생은 여행이다

찾지 않는 여행 가방은
분실물센터 직원에 의해 열려진다

오랜 여행길에 흘린 땀방울로
주인 잃은 양말은 냄새가 나고
속옷은 누렇게 변해버렸다

사람들은 그걸 보고 인상 쓰지만
어찌하랴 그것이 여행인 것을

한국교회

하나님 나라는 관심도 없이

오늘도 교회는

영어로

축구로

악기로

축제로

호객행위만 한다

비

사람들은 괜히
세차했다고
후회한다

하지만 보라
깨끗한 것은
더욱 깨끗해진다

맑았던
그대의 삶
결코 헛되지 않으리

살자

'대학'을 거꾸로 하면 '학대'다
무엇이 공부일까
겸손해지는 걸 배우는 게 공부다
그 외의 것은 다 학대다
너만 행복하게 잘 살라고 가르치는 건
공부가 아니라 학대였던 것이다

그렇게 학대를 당하며
그와 그녀는 '이별'해야만 했다
가만히 있으라는 어른들의 통제에
바다에 갇혀 생매장을 당했다
'이별'을 거꾸로 하면 '별이' 된다

밤하늘의 별처럼 이별 후에 그녀는
그의 맘속에 별이 되어
더욱더 빛났던 것이다

별에게 다가갈 수 없는 그는
무덤을 보며 '자살'을 생각했다
그때 그는 '자살'을 거꾸로 하면
'살자'가 된다는 말이 떠올랐다
그래 살아보자
한 맺힌 원한을 풀어보자

눈물

비를 맞으며 서 있었다
살아갈 이유를 잃었기 때문이다

그런 나에게 친구가 다가왔다
쓰고 있던 우산을 던지더니
함께 비를 맞자고 한다

우린 두 눈을 감고 뛰어다니다가
잠시 바닥에 누워
비 내리는 하늘을 보았다

하지만 그것은 비가 아니라
우리를 지켜본 하늘의 아픔이었다

하늘은 참았던 눈물을 왈칵 쏟아내며
우리를 위해 땅을 치며 울어준다

교만

입주민 아래
경비원이 있고
경비원 아래
배달원이 있다

무뚝뚝하게
때론 무시하며
경비원은
배달원을 대한다

인간은
자기 발아래
누군가 있기를
원한다

너의 존재

네가 없다면 시간도 사라질 거야
시간은 사건으로 존재하니까

고양이

새끼 고양이 한 마리가
차에 치여 죽어있다

차들은 무심히
지나간다

여전히 잘 돌아가는
세상이 미워
신호등은 빨간불을 켠다

원수를 사랑하라

원수를 사랑하면 좋겠지만
도저히 사랑할 수 없다면
차라리 멀리하라

구속

예수는 사방에서 몰려드는
사람들을 피해 다니셨다
사랑도 지나치면 괴롭다

뿌리

꽃보다 뿌리가 아름답다
삶이 끝나는 순간까지
조용히 자신을 낮추는
뿌리가 꽃보다 깊다

그곳은 어둡기만 한데
뿌리는 가늘고 긴 손이 되어
지하의 생명들을 꼭 잡아준다
무서워 말라고

사랑

봉사하는 사람의
화난 얼굴을 보았다
왜 나처럼 열심히
일하지 않느냐고

이렇듯
사랑 없는 희생은
주변 사람들을
채찍질한다

부디

천국엔 사랑이 없길

눈물 나고 속 쓰린 사랑이 없길

보고 싶어도 볼 수 없는 사랑이 없길

부디 천국엔 사랑이 없길

차라리 혼자 울라

잘려진 나무는 말이 없다
버려진 나무도 침묵한다
불타는 나무조차 소리치지 않는다

자연은 인간의 스승이라는데
울면서 전화하지 말라
나무처럼 견뎌라

우상1

비싼 차를 타고 가면

깍듯이 인사한다

싼 차를 끌고 가면

은근히 얕본다

빌딩 앞사람들은

차에게 인사한다

가난

버스 왼쪽 창가에 햇볕이 강하게 내리쬔다
사거리를 지나니 오른쪽 창가에 내리쬔다
앉아있는 사람들은 좋았다 싫었다 한다
자리 없이 서 있으니 마음이 편하다

일

글만 쓰며 먹고 살 수 있다면
얼마나 좋을까 생각해봤다
하지만 글은 책상에서 나오지 않았다
글은 언제나 현장에서 나왔다

비 맞으며 배달할 때
공장에서 프레스 찍을 때
공구 이름도 모른 채 노가다 할 때
추위와 더위가 내 몸을 휘감을 때
내 안에 시가 깨어났다

가만히 앉아있으면 잠만 온다

그리움

와 저 별이 예쁘다고 했을 때
누군가 저것은 별이 아니라
인공위성이라고 말했다

별처럼 빛났던 그 사람
인공위성이라면 어찌할까

아무것도 모른 채 사는 것도 괜찮다

제2부

클래식

나와는 거리가 먼
지겨운 음악

어두운 아파트 지하 주차장에
클래식이 흘러나온다

어
이 느낌은 뭐지?

넌 혼자가 아니야
음악이 내게 말을 건다

곡선 잎

죽음을 결심한 사람들은
직선으로 흐르는 한강에 간다

수능을 망친 아이들은
직선으로 지은 아파트 옥상에 간다

직선은 각목이 되어
인간을 내리친다

도시의 슬픔도 직선
그 안의 사랑도 직선

창가에 보이는 오동나무 잎만이
내 영혼을 부채질해준다

중복

샤워하러 들어갔다가 씻는 것도 잊은 채
시를 쓰러 나온다

시를 쓰기 전 시집을 본다

그대여 손을 흔들지 마라
너는 눈부시지만 나는 눈물겹다. 이정하

괴로움 외로움 그리움
내 청춘의 영원한 트라이 앵글. 최승자

사랑을 잃고 나는 쓰네. 기형도

이 봄은 따로따로 봄이겠지요. 김용택

세상이 병들어 있다

난 세상과 화해할 수 없어 병들어간다. 최승자

나도 모르는 말들을 주절주절 갖다 붙이면

그들은 내 시가 심오하다고. 최영미

맛없는 식사를 하면 사흘쯤 기분이 나쁘고. 최영미

마음에 와 닿는 구절을 틈틈이 적는다

그들과 다르게 쓰려고

거미1

거미가 공중에 집을 짓는다
거미도 나처럼 땅이 없는가보다

얼마나 집이 갖고 싶었으면
공중에다 지었을까

땅 없이 지낸 세월 서러웠던지
자기 집에 들어오면 살려두지 않는다

천사

천사도 날개가 없다면 별수 없을 거다
이 꼴 저 꼴 안 보고 훨훨 날아다니니까 천사지
날개 없이 걸어 다니면 우리랑 똑같을 거다

하루 종일 서 있으면 얼마나 다리 아픈데
이 사람 저 사람 시달리면 얼마나 짜증나는데

인간이 날개가 없어서 그렇지
날개만 있다면 분명 천사처럼 살 거다

일회용품

일회용 면도기를 썼더니 살이 베였다
참치캔을 따다 손가락도 베였다
일회용은 무엇이든 베어버린다
한번 쓰는 총알은 남북까지 베었다

피 흘리며 말한다
버리지 말라
버림받은 존재는 그냥 가지 않는다
받은 만큼 돌려준다

개 질서

좁은 골목길 2층 옥상 난간
개 한 마리가 앞발을 올리고 밖을 본다
개가 보는 것은 골목길의 몇몇 사람들
산도 바다도 모른 채 아스팔트 길만이 전부다

젊은 개는 담을 넘어 나가겠다고 선포한다
배부르다고 행복한 건 아니지 않습니까
옥상에 있는 개들은 위험하다고 경고한다
여기가 안전하다고, 여기서도 밖은 보인다고

그래도 젊은 개가 말을 듣지 않고 나가려 하자
대장 개는 질서를 어지럽힌다는 죄를 들어
젊은 개의 앞다리를 물어뜯었다
개들은 2층 옥상에서 다시 평화롭게 살았다

셔츠

아무리 생각해도
시가 떠오르지 않는다
그래도 쓰겠다

맘에 드는 셔츠를 입었더니
자신감이 생겼다

자신감이 떨어질 땐
가끔 멋진 셔츠를 입어야겠다

밑바닥

자동차의 밑바닥을 보았는가
울퉁불퉁 꼬불꼬불 덕지덕지

매끈한 겉모양과 달리
차 바닥은 볼품이 없다

자동차 밑바닥에서
나를 본다

거미2

거미는 자기가
집을 짓고

사람은 돈으로
집을 짓는다

가난한 이들에게
거미는 희망이다

연애상담

연애상담은 받을 필요가 없다

당신이 생각하는 딱 거기까지니까

강물처럼

하루하루 가다 보면
여름도 가고
겨울도 가고

어른들이 가신 것처럼
우리도 가고
우릴 기억해준 이도 간다

거미3

바람이 불 때마다
거미집이 흔들린다
가만히 있어도
힘들다는 건
너에게서
비롯되었구나

거미4

넌 너무 징그러워
네가 사냥하는 걸 보면
너무 교활해
거미는 가만히 듣고만 있다

넌 화나지도 않냐
난 싫은 소리 들으면 발끈하는데
넌 어찌 꿈쩍도 안 하느냐

아,
무슨 소리에도 흔들리지 않는
네가 진짜 시인이다

거미5

넌 늘
혼자 걷고
혼자 밥 먹고
혼자 자는구나

난 쓸쓸함을 피하는데
넌 쓸쓸함을 대면하네

아무리 화려하게 어울려도
우린 결국 혼자 죽을 수밖에 없지
그래서 너의 고독은 수행이야

거미야
너의 침묵과 이어진
그 깊은 세계를
나도 보고 싶어

환경파괴

교수님께서 나무와
대화해보라고 했다

나무야 나무야
나무는 아무 말이 없었다

인간에게 무언가
단단히 삐쳤는가보다

나는 누구인가

강병구입니다

목사입니다

한 아이의 아빠이고

한 여자의 남편입니다

투잡을 뜁니다

정치에 관심이 많습니다

시를 좋아합니다

운동도 좋아합니다

화를 잘 냅니다

후회와 갈등도 많이 합니다

그런데

나는 정말 누구입니까

발견

헤어스타일에
아무리 신경 써도
맘에 들지 않았던 건

결국
얼굴 탓이었어

목표

날씨도 덥고

기다리다 지쳐서

아무 버스나 타고 싶다

그러나

내가 타야 할 버스는

849번이다

아내

속옷을 꺼내려고 서랍을 열어보니
아내의 분홍색 팬티 하나가 들어있었다
실수로 넣었다는데 아직도 그대로다
서랍을 열 때마다 웃음이 난다
시커먼 서랍 속에 들어온 분홍색 하나

친한 사람

비위가 약해서
노숙자와 같이
밥을 못 먹겠다는
죄송스런 내 속마음을 얘기하자

자기도 그렇다는
형의 말에
나는 그 사람이
더 좋아졌다

싫어하는 게
같아서

법

이 돈으론
이자도 못 갚는다
우리도 한번
사람답게 살아보자

그렇게
싸우고 싸워
최저임금 정했더니
정말 최저임금만 준다

바람

먼저 인사했을 때
받아주길 바랐다

"안녕하세요? 전도사님"
그냥 뚱하니 쳐다본다

예의 없는 놈
내 인사를 안 받아주다니

바라니
마음이 언짢아진다

꽃

모두들 꽃을 좋아하는데
나는 꽃이 싫다
비염이 있는 나는
꽃가루가 퍼지는 날
눈물과 콧물을 흘린다
그래서 나는
꽃을 가지지 않고
남에게 준다

지진1

집을 짓는다는 건
집을 짓는 게 아니라
우주와 싸우는 것이다

태양을 이기고
바람을 이기고
바다를 이기고
지진을 이기는 것

그러나 우리 집은 늙었다
덥고
춥고
비는 막지만
흔들린다

보일러 돌아가는 소리에도
벌벌 떠는 우리 집

나에게 쓰는 시

바보같이

난 왜 이럴까

스스로를 꾸짖는 대신

그땐 그게 최선이었어

내가 나에게 말한다

토닥토닥

싸구려 시계 소리가

울리는 밤

찰나

사람의 생은 우주의 순간
사람의 몸은 우주의 먼지
그러니까 명함 뒤엔 반드시
그의 존재를 적어야 한다

강남 출신에 하버드대를 나온
건강한 이성애자인 부자 남성
티끌 님이
티브이에서 뭐라고 막 떠든다

듣다가
튀어나온 실밥에 불을 붙이니
바로 사라진다

제3부

결혼

기러기 아빠는 퇴근 후
집에 가기 싫다
텅 빈 곳의 외로움

일하는 엄마도 퇴근 후
집에 가기 겁난다
산더미 같은 일거리

아빠는 혼자 있어 힘들고
엄마는 같이 있어 힘들다

빨간 안경

거지로 사는 능력 없는 목사가
황제로 사는 능력 있는 목사에게
고함친다
성과에 상관없이
목사의 사례비를 평등하게

황제로 사는 능력 많은 목사가
아무나 올라올 수 없는 로열층에 앉아
중얼댄다
에이
빨갱이들

잔인한 말

굶고 있는 사람에게 힘내라고 말하지 말아
주세요
차라리 한 조각 빵을 주세요

빚에 쪼들린 사람에게 힘내라고 말하지 말아
주세요
이것밖에 없다며 5만 원이라도 빌려주세요

외로운 사람에게 힘내라고 말하지 말아 주세요
술 한 병 사 들고 찾아가 말벗이 되어 주세요

힘내라는 당신의 응원이
슬픈 사람을 더욱 슬프게 합니다

전깃줄

길고 긴 전깃줄아
커다란 지구별을 까맣게 감고 있구나

너와 나를 이어주지 못하면서
자연과 나를 이어주지 못하면서
하늘과 나를 이어주지 못하면서
뭐하러 끝도 없이 이어져 있느냐

파도

슬플 때면
바다를 찾는다

묵묵히 파도치는 바다

그런데 바다야
너도 아픔을 당했느냐

얼마나 울었기에
바다가 되었느냐

얼마나 아프기에
파도치며 사느냐

어린이집 아이들

늦게까지 집에 못 가는
몇몇 어린이집 아이들

지겨운 얼굴
졸린 눈동자

누가 인생을 소풍이랬나
우린 심심한데

깨달음

아무리 생각해도

사람 사는 일엔

별 뾰족한 수가 없다

잊어라

기다리는 사람아
기다리지 마라

올 거면 벌써 왔다
기다리지 마라

정말로 사랑한다면
기다리지 마라

어둠

담배는 주로
앞이 보이는 사람이 피운다
앞이 보이지 않는 사람은
담배를 잘 피우지 않는다

뿜어져 나오는
하얀 연기를 못 봐서일까

밝은 것만이 다 좋은 건
아니다

투영

아이들은
밥 먹다가도
길을 걷다가도
세상 모르고 잠이 든다

나도 우울할 땐
잠만 잤는데
혹시 너희도
슬픈 건 아니니

난 알아
세상에 태어난 이상
누구나 힘들다는 걸

소중한 것

하루에도 몇 번씩 가방을 열어 확인한다
폰
업무폰
지갑
잃어버리면 큰일 난다

그런데 난 정작 하늘을 잃어버렸다
파란 하늘
하얀 하늘
회색 하늘
빨간 하늘
노란 하늘
주황 하늘

분홍 하늘

검정 하늘

언제나 함께해준

하늘을 잃고 살았다

낯섦

단체 사진을 찍기 위해 지나가는
서양 남자에게 부탁했다

안녕하세요?
사진 좀 찍어주세요
화면에 있는 동그라미를 누르시면 됩니다
그러자 서양 남자는 대답한다
네 알겠어요

나는 서양사람 앞에서
영어를 말한 적이 없다

서양사람 누구나 그랬다
한국말 앞에서 두려움을 느꼈다

인생

돈이 멀어지고

차가 멀어지고

집이 멀어지고

모든 것이 멀어질 때

노래는 시작된다

죄

담배를 끊었다고 말하지만
담배는 끊는 게 아니라 참는 거다
사람은 그런가 보다
죄 역시 끊는 게 아니라 참는 거다

지진2

우리가 쌓아올린

모든 것들이

흔들린다

지구가

사람에게

잘난 척 말란다

용기

비행기에서 뛰어내리려면 용기가 필요하지만
청소를 하는 것에도 용기가 필요하다
어쩌면 사소한 일에
더 큰 용기가 필요할지도 모른다

거리

어린이집 차를 기다리는
엄마들의 표정이 밝아 보인다

엄마들의 얼굴 속에
8·15 광복절의 기쁨이 담겨 있다

내 생명보다 더 소중한 아이지만
계속 같이 있으면 우울증 걸린다

사랑하면 할수록
혼자만의 시간이 필요하다

노란 차에 아이를 떠나보내며
차마 만세는 못 부르고
살짝이 손만 흔든다

벚꽃

우방랜드에 갔더니
시각장애인 아저씨가
환히 웃으며 꽃구경하신다

그렇다
아름다운 건
마음으로 보는 것이다

어린이날

큰 박스를 구해서
아들에게 주었다

아들은 신이 나서
박스로 집을 만들어 논다

남자라면 누구나 꿈꿀
자기만의 아지트

돈 안 드는 장난감을
하나 더 선물해야겠다

긴팔 옷

밖에서 일하는 사람은
여름에도 긴팔 옷을 입는다

불똥 튀고 베이고 땡볕에 익다 보니
더워도 긴팔을 입게 된다

일하다 얼굴에 상처 입은 동생
복면이라도 써야 하는 걸까

가난은 온몸을 덮게 한다

바흐

영화처럼 살고 싶다
프리덤을 외치는 멜 깁슨처럼

컨테이너 박스 경비실에 앉아
바흐의 음악을 듣는다

쓰레기차가 지나가고
전봇대 위로 수리공들이 올라간다
음악이 흐르니 모든 것이 영화 같다

낮잠 자는 동네 개가 부러운 날
나는 음악을 듣는다

희망1

잠든 아들

똥강아지 같다

엉덩이를 톡톡 두드리니

방귀를 뿡뿡 뀐다

놀고먹고 자고 공부는 뒷전이지만

세상을 뒤집겠다는 듯 거꾸로 자고 있다

공부

1살부터 19살까지의 공부만이
공부가 아니다
1살부터 100살까지의 공부가
진짜 공부다
그중에서도 최고의 공부는
바르게 걷는 것이다

사람은 결코
짐승처럼 걷지 않는다

그냥

키가 커서
성격이 좋아서
얼굴이 잘생겨서
좋아하는 것을 사랑이라 말할 수 있을까

키는 줄고
성격은 변하며
얼굴도 늙기 때문이다

키가 작아도
성격이 욱해도
얼굴이 못생겨도

그냥 좋다면
그냥 끌린다면
그게 바로 사랑이다

한반장님

나만한 아들이 있는 반장님
항상 먼저 인사해주신다

자기를 높이면 지구부터가 잡아당기는데
고개를 숙이니 사람들이 높여준다

더운 여름날 헉헉거리는 내게
시원한 콜라를 주신다

사람에게 상처받지만
사람에게 위로도 받는다

제4부

기도

사이가 좋은 연인들일수록 속삭이며 대화를
나눈다
사이가 좋지 않은 사람들은 일그러진 얼굴로
고함을 치며 말한다
하나님과의 관계도 마찬가지라고 생각한다
하나님과 사이가 좋은 성도는 조용히 기도하고
하나님과 사이가 좋지 않은 성도는 인상 쓰고
소리를 지르며 기도하는 것 같다

배고픈 자가 복이 있다

빨리 밥상 준비하라고
식당주인이 종업원을 혼낸다

천천히 주이소 배가 고파야 맛있지
손님이 말한다

배부르면 뭐든 맛이 없다
배부른 자는 시의 맛도 모른다

탈주

고등학교 때
야간자율학습을 했다
공부도 안 하면서
뭐 때문에 남아있었나
지겨운 밤과 밤

하마터면 길들여질 뻔했다
나를 억압하는
모든 것으로부터

지옥

인신매매를 당한 여성이 있는 한
갈 곳 없는 전쟁난민이 있는 한
숨 막히는 고3 교실이 있는 한
아빠에게 맞는 엄마가 있는 한
이들의 한이 있는 한
여기가 지옥이다

직장생활

직장생활을 할 땐 말을 줄여야 한다

인간의 말속엔 자기 자랑과 험담이라는
두 씨앗이 자리 잡고 있어
말을 하면 할수록 복잡해진다

잠들기 전
'이 인간을 내일 또 어떻게 보냐'며
고민하기 싫다면 말을 줄여야 한다

직위가 높아도
재치가 있어도

밥을 잘 사도

말이 많으면 결국 없어 보인다

오직 언어의 절제만이

직장생활을 버틸 수 있는 힘이다

사랑도 변한다

영원한 건 없다
모든 건 다 변한다
계절이 변하듯 사랑도 변한다

봄바람처럼 설레게
여름비처럼 시원하게
가을 열매처럼 풍성하게
겨울눈처럼 눈부시게
그렇게 사랑도 변한다

부활

태어나보니 기차 안
빠르게 달린다

창밖엔 푸른
산과 호수

한 가지 쓸쓸한 건
죽음이라는 종착역

나무들도 작별의
인사를 한다

그때 한 남자가 말했다
씨앗은 죽어야 산다고

있는 그대로

어른들은

땅을 금싸라기로 보고

강을 금빛 물결로 보고

똥을 황금 똥으로 본다

아이들은

땅을 땅으로 보고

강을 강으로 보고

똥을 똥으로 본다

아이들은

있는 그대로 본다

욕심

꾸불꾸불 버스 안에서
엄마가 여자아이에게
영어 공부를 시킨다

그만 좀 해요
애 멀미나요
마음속으로 말했다

벼룩시장

세상에 일자리가 이렇게 많았나
자동차 부품부터
노래방 도우미까지
일할 곳이 바다 같다

넓지만
마실 물이 없는 바다

배 타고 찾아봐도
언제나 목마르다

꼰대

아무개가 전화를 한다
자기 친척이 판사란다
자기 아들은 부장이란다
자기 손자는 수석이란다
자기는 공직자였단다
나 들으라고 통화한다

거미6

차와 차 사이에
집을 지은 거미
차가 출발하니
집이 무너진다

우린 지금
어디에 기대어 있나

자란다는 것

아들이 꼬마였을 때
무슨 놀이든 이겨야 했다
가위바위보도
끝말잇기도
지면 울어버렸다

아홉 살 지금은
놀이에서 져도 울지 않는다
살다 보면
질 때도 있다는 걸
알아버렸다

우상2

작은 병에 걸리면
동네 의사를 찾지만

큰 병에 걸리면
첨단 로봇이 있는
대학병원을 찾는다

가장 아프고
가장 급할 때
우리가 찾는 기계

사람은 못 믿지만
너는 믿는다

탄생

음악은 교실이 아닌 자연에서

시인은 풍족이 아닌 가난에서

청춘은 순응이 아닌 저항에서

인생은 웃음이 아닌 울음에서

종교는 맹종이 아닌 물음에서

예수는 하늘이 아닌 바닥에서

탄생하였다

대구 지하철

지하철을 타고 다닌 지 7개월째
이어폰을 못 챙긴 나 자신이 원망스럽다

전화로 웅변하는 아저씨들
부끄러움을 모르고 웃어대는 아주머니들

빈센트가 왜 귀를 잘랐는시 궁금했는데
세상의 잡다한 소리가 그림 그리는 것을
방해했나 보다

나는 오늘 책을 읽으시는 할머니 옆에 앉아
비로소 시를 쓴다

실연

벗꽃아 피지 마라
벗꽃아 피지 마라

네가 예쁘게 피어날 때
모두가 사랑을 나누겠지

잊혀진 존재란 걸
깨닫게 해준 벗꽃아

네가 예쁘게 피어날 때
난 두 눈을 꼭 감을 거야

경쟁

노래를 잘하는 사람은

더 잘하는 사람을 만나게 되고

예쁜 여자는

더 젊고 예쁜 여자를 보게 되며

글을 잘 쓰는 사람은

더 심오한 글을 읽게 되지만

겸손한 사람 앞에서는

그 누구도 경쟁할 수 없다

은총의 심판

인간은 판례를 보지만
신은 판례를 보지 않는다

한 사람을 보고
그 마음을 본다

이 세상에 단 한 명밖에
없다는 듯이

시인

10대 때 느낀 시인은
독립운동가, 위대한 사람

20대 때 느낀 시인은
노동가, 저항하는 사람

30대 때 느낀 시인은
예술가, 뻔한 말을 하지 않는 사람

일제 강점기 핍박당하고
월급 적어 쌀 떨어지고
사는 게 권태로워질 때
시인은 태어났다

서로 다른 세상

버스가 안 와서 할머니에게
지하철역까지 얼마나 걸리는지 물었다
할머니는 여기서 멀다고 말했다

기다리다 하도 답답해서 새댁에게
지하철역까지 얼마나 걸리는지 다시 물었다
새댁은 가깝다고 말했다

우리는 같은 세상을 살고 있지만
서로 다른 생각을 하고 있다
놀랍게도 그걸 이제야 깨달았다

의사

거리마다 있는 병원광고
진료시간이 눈에 띈다

금요일은 오후 9시까지
토요일도 오후 4시까지

근무시간을 보니 의사도
참 힘들게 사는 것 같다

기차

우리는 노예다
양복 입은 노예

여행은커녕
병원 갈 시간도 없다

옥상에 올라가
떠나는 기차를 본다

기차 소리에
마음이 설렌다

희망2

도로 옆 길가에
옥수수, 양파, 산나물이 있다
물건 파는 할머니는 어디 가고 없다

급한 일이 있는 걸까
도시의 화장실은 잠겨있는데
가려줄 숲도 없는데

지붕 위의 십자가
그곳에 달려가면
화장실이 열려 있다

화장

여자는 화가다
아침마다 작품 활동

도화지가 아닌
얼굴에 그린 그림

거리엔 온통
미술이 움직이고

남자 관객 못지않게
여자 관객도 많다

제5부

개성

기뻐하며 살기로 했다
우울이 유행하기 때문이다
시인은 유행을 따르지 않는다

온수

한여름에도 면도할 땐
온수를 튼다
그래야 잘 깎인다

따뜻함은
뻣뻣함을
이긴다

순수

우리 집에 아들 친구가 와서
볶음밥을 먹으며 하는 말

이모 젓가락은 있는데
반찬은 어디 있어요?

좋겠다 너는
거짓이 없어서

엄마의 힘

지하철

내 오른쪽 아주머니 세 분

왼쪽 아주머니 두 분

모두 나보다 손목이 굵다

웬만한 남자보다

아주머니가 강하다

나의 길

해조차
등지는 날
누구를 탓하겠는가

오히려
얼굴이 타지 않아
좋기만 하다

아름다운 길

이 세상에서 가장 아름다운 길은
퇴근길이다
차를 타고 신나게 달리면
차도 노래를 부르고
나도 노래를 부른다

집에는 곰 같은 마누라가
조미료를 약간 넣은
맛있는 저녁을 준비해놓고
토끼 같은 자식은
인터넷을 하고 있다

그 자리를 빼앗아
멍 때리고 앉아있으면
스르르 잠이 오고
아름다운 밤이 찾아든다

나의 인생

목사고시 면접 때 면접관이 물었다
"새벽기도 나갑니까?"
"네, 나갑니다"
면접관은 다시 물었다
"정말 나갑니까?"
"사실 안 나갑니다"

예수는 새벽에 기도했다지만
나는 낮 기도가 좋다
예수는 예수의 스타일이 있고
나는 나의 스타일이 있다

가난한 자들과 함께

좋은 사람은
가난한 사람들과
함께하는 사람이다

부자에게 붙어봐야
자기 피만 빨릴 뿐
아무것도 얻지 못한다

세상이 버린 사람들과
함께하는 바보 같은 사람이
지혜로운 사람이다

가난한 사람을 섬긴 사람은
하늘을 섬긴 사람이다

고마움

먹을거리를 앞에 두고
사진을 찍는 건
무슨 뜻일까

나 이거 먹었다
나 여기 왔다
자랑이 아닌

날 살려준
먹을거리를
잊지 않겠다는
그런 마음이면 좋겠다

퇴고를 하며

다 쓴 시를 고친다

생각해보니
내가 시를 고치는 게 아니라
시가 나를 고쳐주었다

낮아지라고
가난해지라고
솔직해지라고
말을 아끼라고
시가 내게 가르쳐 주었다

강병구 시집을 읽고...

시는 곧 삶이다

— 장회익

강병구 시집을 읽고 드는 느낌은 시가 곧 삶이라는 생각이다. 삶의 가장 진솔한 표현이 시라는 뜻이다. 이는 시가 없다고, 시를 쓰지 않는다고 삶이 아니라는 뜻은 아니다. 하지만 삶이 없이 시는 나오지 않는다. 그러니까 시의 울림은 삶의 깊이 만큼이다.

강병구 시집은 바로 이러한 자신의 삶을 담았기에 시 안에 울려 퍼지는 그의 삶만큼이나 소박하다. 그리고 이것이 우리를 공명시키는 것은 우리의 삶 또한 이것에 거미줄처럼 연결되어 있기 때문이다. 바로 그가 묻는 것은 온갖 드러난 삶의 외형 곧 목사이고 아빠이고 남편이고 투잡을 뛰는 생활인이고 정치와 시, 운동을 좋아하며 화내고 후회하고 갈등하고 살아가는 그 모든 허울 속의 외피를 벗어난 진정한 '나'의 정체이다. 우리가 일상의 흐름 속에서 잊고 있는 자신의 정체, 곧 삶의 의미 그리고 삶의 깊이를 천연스런 시적 물음들을 통해 찾아보려는 몸부림이다. 그리고 바닥에 깔린 이 깊은 삶의 끈이 우리 모두 그리고 살아있는 삼라만상의 존재들을 모두 한 묶음으로 연결해주고 있기에, 그의 물음이 우리 모두의 물음이며 그의 목소리가 바로 우리 내면의 목소리가 되어 메아리쳐 올라온다.

그리고 시인은 겸손하다. 그는 시를 쓰면서 또한 시에게서 배워나간다.

그는 이렇게 말한다.

다 쓴 시를 고친다

생각해보니
내가 시를 고치는 게 아니라
시가 나를 고쳐주었다

낮아지라고
가난해지라고
솔직해지라고
말을 아끼라고
시가 내게 가르쳐 주었다

시와 함께 대화하는 사람, 시와 함께 끝없이 성장해나
가는 한 시인의 모습이 눈앞에 아련히 어른거린다.

장회익 물리학자·서울대 명예교수

- 1938년 출생. 서울대학교 문리과대학 물리학과를 졸업하고 미국 루이지애나주립대학교에서 물리학 박사 학위를 받았다. 30여 년간 서울대학교 물리학과 교수로 재직했으며, 현재 서울대학교 명예교수이다. 과학과 생명을 함께 조망한 『삶과 온생명』을 비롯하여 『공부 이야기』, 『물질, 생명, 인간』 등의 저서가 있다.